FLOWER & GREEN

꽃 그리고 초록

꽃 그리고 초록

초판 1쇄 발행 2018년 8월 10일

글 그림 김소라 발행인 백남기 발행처 도서출판 이종 출판등록 제313-1991-16호
주소 서울시 마포구 양화로3길 49 전화 02-701-1353 팩스 02-701-1354 홈페이지 www.ejong.co.kr
책임편집 백명하 편집 권은주 디자인 방윤정, 오수연
표지디자인 방윤정(modetail@naver.com) 영업 박하연 마케팅 백인하

값 13,000원
ISBN 979-89-7929-266-4

이 도서의 국립중앙도서관 출판예정도서목록(CIP)은 서지정보유통지원시스템 홈페이지(http://seoji.nl.go.kr)와 국가자료공동
목록시스템(http://www.nl.go.kr/kolisnet)에서 이용하실 수 있습니다.(CIP제어번호 : CIP2018021855)

* 도서출판 이종은 미술 서적을 전문으로 출간하고 있습니다. 작가님들의 참신한 원고를 기다리고 있습니다.
* 이 도서는 친환경 식물성 콩기름 잉크로 인쇄하였습니다.

FLOWER & GREEN

꽃 그리고 초록

글 그림 김소라

CONTENTS

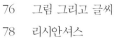

들어가며

3년이 넘는 시간 동안 '꽃 그리고 초록'이라는 저만의 그림 공간을 만들어 차곡차곡 그림을 그렸고, 지금도 그리고 있어요. 예쁜 꽃을 보았을 때, 어디선가 아름다운 초록을 만났을 때, 소중한 이에게 싱그러움을 선물 받았을 때... 저에게 의미 있는 '꽃 그리고 초록'을 종이에 옮겨 놓아요. 책을 만들기 위해 그린 것이 아니라 제가 좋아하는 그림을 그리다 보니 책으로 엮이게 되었어요. 좋은 분들과 감사한 기회로 그림 에세이가 탄생했어요. 생각이 필요한 이야기보다 편한 이야기를 들려주고 싶어요. 그림 그리는 시간. 그림 소재와의 만남. 그림 주인공의 전설. 그림 그리는 동안의 제가 느끼는 감정 등 소소하고도 사실적인 편한 이야기들 말이에요. 그림을 보면서 저의 소소한 이야기를 함께 들어주세요. 보기만 해도 기분 좋고 쉽게 다가가는 그림을 그리는 것이 제 바람 중 하나예요. 오랫동안 천천히 그림을 그리고 싶어요. 지금 이 책에 담긴 그림들이 나중에는 저의 초장년기 그림으로 남지 않을까요? '꽃 그리고 초록'이 여러분께 더 친근한 그림으로 다가가기를 바라요. 저와 꽃들의 이야기를 마음으로 읽어주세요.

PART 1

FLOWER&GREEN

초록한 한해

새해를 맞이하며 그린 그림이다.

초록초록한 한 해가 되기를 바라며.

올해의 마지막 해가 저물 때 길어진 그림자만큼,

우리도 한 뼘씩 더 자라기를 바란다.

민들레

아주 먼 옛날 노아의 홍수 때의 일이다.

홍수로 인해 온 세상에 물이 차올랐고

모든 생물들은 물을 피해 도망을 갔다.

하지만 키 작은 민들레만은 발이 빠지지 않아

도망을 가지 못하고 덜덜 떨고 있었다.

거친 물결이 땅을 메우고 차오르자

민들레는 두려움에 떨다 그만 머리가 하얗게 새버렸다.

민들레는 마지막으로

하늘에 간절한 구원의 기도를 드렸다.

그런 민들레를 가엾게 여긴 하느님이

민들레의 씨앗을 바람으로 날려 보내

멀리 산 중턱 양지바른 곳에 다시 피어나게 해주었다.

민들레는 하느님의 은혜에 감사하여

오늘날까지도 하늘을 우러러 보며 피어난다고 한다.

코스모스

먼 옛날, 신은 세상을 더 아름답게 만들기 위해

지상에 꽃밭을 만들기로 결심했다.

그리하여 꽃을 만들었는데 생각한대로 만들어지지 않았다.

그래서 다시 다른 모양으로 만들어 보고

꽃 색도 여러 가지 색으로 물들여 보았다.

그러다보니 어떤 꽃은 너무 연하고

또 어떤 꽃은 너무 진한 색으로 만들어졌다.

연약한 느낌이 들도록

줄기를 늘어뜨려 하늘거리는 모양으로 만들었다.

그리고 가늘고 긴 줄기에 어울리는

흰색, 분홍색, 자주색 등으로 꽃 색을 골랐다.

그렇게 해서 신이 처음으로

이 세상에 만들어 놓은 꽃이 코스모스라고 한다.

내가 그린 오렌지색 코스모스는

그 다음에 신이 만든 코스모스의 색이 아닐까?

#004
Blueberry tree

블루베리나무

식물그림을 주로 그리다 보니 그리면서

열매 모양이나 크기, 어느 지방에서 나는지 같은

식물에 대한 정보를 새로 알게 되는 점이 많다.

블루베리나무는 딸기처럼 작은 나무일 줄 알았다.

그런데 실제로는 1.5m~3m로 생각보다 큰 나무였다.

현미는 벼랑 비슷한데 알이 커서 신기했다.

커피는 열매가 꽤 크고 수확하기가 쉽지 않았다.

견과류도 나무에 열리는 모습들을 찾아보면 재미있다.

이렇게 어떤 작업을 할 때 사진 한 장만 보고 그리는 것이 아니라

직접 구매를 하거나 자료를 찾아보고 여러 각도로 관찰하면서

식물의 특성에 대해 많이 알아본 후에

그림을 그리면 좀 더 표현이 풍부해지는 것 같다.

제라늄

마호메트는 알라의 계시로
이슬람교를 창시한 예언자이다.
마호메트가 어느 화창한 날, 강에서 옷을 빨고
빨래를 자신의 주변 풀 위에 널어놓은 채
잠이 들었다.
잠에서 깨어 아무 생각 없이 옷을 집어 들던
마호메트는 깜짝 놀랐다.
빨래를 널었을 때는 없었던 꽃이
고개를 높이 쳐들고 있는 것이 아닌가.
여러 송이의 새빨간 꽃이
향기로운 향을 내뿜고 있었다.
예언자 마호메트의 덕을 칭송하기 위해
하늘이 그에게 내린 제라늄이었다.

#006
Hydrangea of Taejongdae park

부산 태종대의 수국

초여름은 한창 수국이 예쁜 계절이다.

이 시기에는 수국을 보러

제주에 놀러 가는 여행객들이 많다.

하지만 내가 살고 있는 부산도 수국이 아름답게 핀다.

부산 태종사에서 13년째 수국 축제가 열리고 있는데

특히 푸른 수국들이 너무 아름답다.

비가 많이 내리지 않아 내가 갔을 때에는

만개하지 않았지만

비가 더 내리면 정말 탐스럽게 꽃이 필 것 같았다.

수국은 이름 그대로 물을 좋아하는 꽃이다.

꽃이 시들시들하면 그대로 물속에 담가 놓으면

물을 마시고 다시 활짝 피어난다.

수국은 꽃잎으로도 물을 마시는 꽃이다.

비 오는 날 수국을 보러 가면 물을 흠뻑 마시고

더 활짝 핀 아름다운 모습의 수국을 만날 수 있을 것이다.

레몬트리

내가 좋아하는 노래 중 하나가 박혜경의 「레몬트리」라는 노래다.

원곡인 외국노래가 있지만 한국어 버전이 더 금방 와 닿는다.

'또 아침이 오는 소리에 난 놀란 듯이 바빠져야 하겠죠.

또 무언갈 위해서 걸어가고 답답한 버스 창에 기대있죠.

더 새로울 게 없는 하루겠죠'란 가사로 시작하는 노래로

반복되고 새로운 일 없는 일상을 상큼하게 기분 전환하자는 내용이다.

듣고 있으면 기분이 상큼해진다.

마음의 여유와 기분전환이 필요할 때 한 번 들어보길 추천한다.

사랑스러운 꽃송이들

작은 꽃들이 여러 송이 모여서 이루어진 꽃들이다.

파스텔 톤의 작은 꽃들로 이루어진

사랑스러운 모습을 그리고 싶었다.

넓은 잎이 거의 없어서 세필만 이용해서 그렸다.

물을 정말 많이 써서 마르는데 시간이 더 걸렸던 것 같았다.

많은 꽃잎들을 그리는 동안 시간이 걸렸지만 따뜻한 느낌이었다.

그리는 과정도 너무 즐거워서 과정 사진도 많이 찍었다.

완성되는 모습도 뿌듯한데 그 과정까지 예쁘고

다 완성되면 이 그림을 더 그리지 못한다는 아쉬움까지 들었다.

제비꽃

아름다운 소녀 이아는 양치기 소년 아티스를 사랑했다.

아티스를 귀여워하던 미의 여신 비너스는

두 사람을 갈라놓기 위해 아들 큐피드에게 활을 쏘라고 했다.

큐피드는 이아에게 영원히 사랑이 불붙는 황금 화살,

아티스에게 사랑을 잊게 하는 납 화살을 쏘았다.

황금 화살을 맞은 이아는 아티스를 더욱 사랑하게 되었지만,

납 화살을 맞은 아티스는 이아를 거들떠보지 않았다.

이아는 결국 아티스를 그리워하며 시름시름 앓다 생을 마감했다.

비너스는 이아를 가엾게 생각해

작고 가련한 제비꽃으로 만들어 주었다.

겹벚꽃   벚꽃이 지고 나면 5월 즈음, 겹벚꽃이 피어난다.

겹벚꽃은 분홍색 꽃잎이 여러 겹 겹쳐 피는 꽃이다.

커다란 나무에 아기 주먹만한 꽃송이가

빼곡하게 매달려있다.

방울방울 매달린 모습이 화려한 축제날을 떠올리게 한다.

바람이 불면 벚꽃보다

더 많은 꽃잎들이 춤을 추며 머리 위로 날린다.

산수국

동네를 다니다 보면 화분을 파는 트럭을 종종 보곤 한다.

가끔씩 기분 전환 겸 천 원짜리 몇 장으로 살 수 있는

화분을 집에 사가고는 한다.

꽃잎이 몇 개 핀 보라색이 도는 수국을 사 들고 집에 갔더니

엄마가 '산수국'이라면서 앞 쪽에 핀 꽃은 가짜 꽃이라고 말했다.

꽃이 피었는데 가짜 꽃이라니.

무슨 말인가 했더니 앞쪽 꽃은 술이 없는 무성화였다.

나비나 벌에게서 진짜 꽃을 지키려고

무성화를 먼저 피어낸다고 한다.

이 작은 꽃도 자신을 지키는 방법이 있다니 기특하지 않은가.

보라덩굴

가족과 함께 떠난

오키나와 여행에서 보라색 꽃을 만났다.

여행 중에 우연히 예쁜 식물을 만날 때가 많은데

길에서 만나는 꽃들은

이름을 알 수 없는 경우가 종종 있어서 정말 아쉽다.

그래서 이런 꽃들에게 진짜 이름은 모르지만

나만 알 수 있는 애칭을 지어주고 부른다.

이 꽃에게는 보라덩굴이라는 이름을 지어주었다.

라벤더

#013
Lavender

이웃나라의 왕자를 짝사랑하던 한 공주가

왕자가 지나가는 들판에서 기다렸다가 사랑을 고백했다.

그러자 왕자는 아무 말 없이 공주에게 살짝 입맞춤만 하고 떠나버렸다.

그리고 며칠 뒤, 왕자는 전쟁터로 출정하게 되었다.

불안해진 공주는 왕자에게 자신을 사랑한다고 말해달라고 애원했다.

하지만 이번에도 왕자는 아무 말도 없이 미소만 짓고 전쟁터로 떠났다.

공주는 왕자가 무사히 돌아오길 기도했다.

왕자의 나라는 전쟁에서 승리했지만 왕자는 목숨을 잃고 돌아오지 못했다.

실의에 빠진 공주는 왕자와 입맞춤을 한 들판에서 슬픔을 참지 못하고

스스로 목숨을 끊어버리고 말았다.

사실 왕자는 말을 할 수 없는 벙어리였다.

왕자도 공주를 사랑했지만 자신이 벙어리란 것을 알면

공주가 실망할까봐 마음을 전하지 못했던 것이다.

그렇게 공주가 죽은 지 1년이 지나자 공주가 죽은 들판에

여리면서도 아름다운 라벤더가 피어났다.

벚꽃

쏟아지는 벚꽃 잎들.

피어나니 기특하고 펴있으니 아름답고 흩날리니 아련하다.

작약

전쟁터로 떠난 왕자를 애타게 기다리던 공주가 있었다.

그러나 왕자는 좀처럼 돌아오지 않고 긴 세월만 흘렀고

어느 날, 눈먼 악사가 궁궐 앞에서 노래를 불렀다.

공주는 그 노랫소리가 하도 구슬퍼

귀를 기울여 자세히 듣다가 깜짝 놀라고 말았다.

그 노래는 전쟁터에서 왕자가 공주를 그리워하다

죽어서 모란꽃으로 피어났다는 내용이었다.

공주는 그 모란꽃을 찾아 머나먼 이국땅으로 떠났다.

이윽고 모란꽃을 발견한 공주는 사랑하는 왕자의 곁을

영원히 떠나지 않게 해달라고 하늘에 기도했다.

공주의 기도에 감동한 하늘은

공주를 작약으로 피어나게 해주어

왕자의 화신인 모란꽃과 나란히 함께 지내게 되었다.

그리하여 매년 모란이 피면 작약이 뒤따라 피어난다.

매화

십여 년 전 런던, 어학연수 중에
우연히 공원에서 만난 핑크빛 매화.
매화의 연한 분홍색에서 눈을 뗄 수 없었다.
동양적인 아름다움이 느껴지는 꽃이라 그런지
가족이 있는 한국의 집이 많이 생각났었다.

매화가 지면 매실이 열린다.
부모님 고향이 매실이 많이 나는 지역이라
매년 매실주를 담그고 매실 장아찌를
만들었던 것이 떠올라 더 집이 그리웠다.
타국에서 만난 낯익은 꽃 때문에 향수병이 나다니.

또 한국에 돌아와 봄마다 피는 매화를 보면
영국의 매화를 떠올리게 되니,
매화는 나에게 비행기 티켓 없이도
영국과 한국을 오가게 만드는 꽃인 것이다.

자귀나무

부지런하고 힘 좋은 청년, '장고'는

길을 걷다가 아름다운 꽃들이 만발한 집의

어여쁜 처녀를 보고 한눈에 반하게 되었다.

장고는 가장 예쁜 꽃 한 송이를 꺾어서 처녀에게 주며

청혼했고 얼마 후 결혼을 하여 행복하게 잘 살았다.

하지만 그렇게 몇 해가 흘렀고

장고는 기녀에게 빠져 오랫동안 집에 돌아가지 않았다.

아내는 매일 밤 산신령에게 장고가 돌아오기를 기도했다.

기도를 한지 백 일째 되던 날 밤, 산신령이 나타나

'언덕 위에 피어있는 꽃을 꺾어다가 방안에 꽂아 두라'

고 말했다.

다음날 아침, 일어나자마자 꽃을 꺾어 방안에 두었더니

장고가 집으로 돌아왔다.

그 꽃은 바로 장고가 청혼할 때 바쳤던 자귀나무 꽃이었다.

자귀나무는 부부의 금실을 상징하는 나무이기도 하다.

수선화

옛날 나르시소스라는 잘생긴 청년이 숲 속에 살고 있었다.

숲 속의 요정들이 그에게 반해 구애했지만 나르시소스는 모두 거절했다.

이에 화가 난 요정들은 질투와 불화의 여신에게 청년을 혼내달라고 부탁했다.

여신은 청년에게 자신을 스스로 사랑하는 저주를 내렸다.

나르시소스는 자신이 저주에 걸린 것도 모른 채 호수에서 물을 마시려고

고개를 숙였는데 호수에 비친 자신의 잘생긴 모습을 보고 반해 버렸다.

그리고 물에 비친 자신을 잡으려 하다 연못에 빠져 목숨을 잃고 말았다.

나르시소스가 죽은 그 호숫가에 수선화 한 송이가 피어났다.

수선화의 꽃말은 '자기애'이다.

매실나무

중국 위나라의 '조조'는 젊어서부터 두뇌가 명석하고
출중한 인물이었다.
어느 날 조조가 군대를 이끌고 행군을 하던 중이었다.
오랜 행군에 물이 떨어져 장병들이 목이 말라 지쳐가고 있자
조조가 갑자기 소리쳤다.
"저 곳을 보라! 저 너머에 커다란 매실나무숲이 있다!"
장병들은 조조의 거짓말에 매실의 신맛을 떠올렸고
절로 입안에 고인 침으로 갈증을 풀고 기운을 차렸다고 한다.
여기서 '망매해갈(望梅解渴)'이란 고사성어가 유래했는데
매실은 보기만 해도 침이 돌아 목마름이 해소된다는 뜻으로
공상으로 마음의 위안을 얻는 자기암시를 의미한다.
새콤한 매실을 그리며 내 마음도 위안을 받았다.

유칼립투스

유칼립투스는 그리스어의 '아름답다'와
'덮다'의 합성어로 꽃의 모양에서 유래했다.
'크리스마스에 유칼립투스 나무 아래에서
키스하며 고백하면 사랑이 이루어지고
오래오래 행복하게 잘 산다'는 전설이 있다.
향긋한 유칼립투스의 향기를 맡으며
고백을 하면 받아 줄 수밖에 없을 것 같다.

하이페리쿰

내 명함에 들어간 그림이다.

나를 소개하는 명함에 들어간 그림이라

애착을 가지고 있는 그림이다.

명함에 넣으려고 일부러 그린 것은 아니지만

채도를 낮춘 초록식물들이

내 이미지와 잘 어울리는 것 같다.

그린 트리오

겨울의 꽃다발을 분리해 놓은 모습.

나는 꽃다발을 받거나 사면

먼저 꽃다발 전체 모습을 사진 찍어 놓는다.

그리고 꽃다발을 풀어서 이렇게 따로 각 꽃의 모습을 관찰한다.

함께 있는 그 모습도 아름답지만

따로 분리해 놓으면 각 꽃의 또 다른 매력이 보이기 때문이다.

각각의 모습을 사진으로 남겨 놓는다.

이렇게 자료를 만들어 놓고

나중에 다른 꽃들이랑 조합해서 새로운 그림을 그리기도 한다.

생화가 있으면 꽃이 금방 시들까 조급해지지만

이것도 설렘이라고 생각하며 작업을 한다.

초록초록 웨딩부케

나와 남편은 런던에서 처음 만났다.
그렇게 10년이 지나고 결혼을 앞두었을 때
우리에게 의미가 있는 런던에서 셀프웨딩 촬영을 하기로 했다.

런던의 숙소 앞의 예쁜 플라워샵에서
산 꽃으로 직접 부케를 만들어
런던 교외에 있는 세븐시스터즈에서 사진을 찍었다.
영국의 파란 하늘, 초록 들판과 잘 어울렸던
푸릇푸릇한 부케.
바닷가 촬영에 꽃들도 바람에 시달려 고생을 많이 했다.
고맙고 미안했다.
들고 갈 때는 고개를 예쁘게 들고 있던 꽃들이
돌아오는 길에는 죽 쳐져서 힘이 없었다.

부케는 이제 없지만
그림과 우리 부부의 마음속에 남아 오랫동안 기억에 남을 것이다.

반투명 꽃

반투명한 듯 꽃잎이 서로 비치게 그리는

이 꽃은 내가 자주 그리는 꽃 중에 하나다.

사실 이 꽃은 이름이 있는 꽃이 아니다.

가을의 어느 햇살 좋은 날

꽃잎이 얇은 코스모스나 들꽃들을 보면

햇빛에 겹쳐 있는 뒤쪽 꽃잎들의 모습이 비쳐 보인다.

'반투명하다'는 표현이 맞을 정도로 속살이 고스란히 보인다.

그 모습이 좋아서 물을 평소보다 더 많이 쓰고

물감을 줄여 가면서 그리는 꽃이다.

여러 모양과 색으로 그리면 햇살이 느껴진다.

특히 그림을 오랜만에 그리거나 손 풀 때 많이 그리는 꽃이다.

강아지풀

옛날 로마시대에 왕의 머리카락을 잘라주는 이발사가 있었다.

하지만 비천한 평민출신 이발사가

왕의 머리카락을 자르는 것을 못마땅하게 여긴

왕자는 자신의 머리카락을 자를 땐

황금가위로 잘라달라고 했다.

하지만 이 황금가위는 잘 들지 않는 가위였고

머리카락이 뜯기는 아픔을 느낀 왕자가

버럭 화를 내며 이발사를 불충하다며 목을 자르겠다고 했다.

왕자의 무례함을 전해들은 왕은 왕자를 크게 꾸짖었다.

그제야 잘못을 깨달은 왕자는 사과하기 위해

이발사를 찾아갔지만 이미 이발사는 자결을 한 후였다.

이발사가 묻힌 무덤가에는

작은 강아지풀이 자라 애처롭게 흔들렸다.

PART 2

FLOWER&GREEN

리시안셔스

리시안셔스는 터키에서 쓰는 터번과 모양이 비슷하다고 해서

'터키 꽃 도라지'라고 불린다.

리시안셔스라는 이름이 더 익숙한 사람들이 많겠지만

'꽃 도라지'나 '유스토마'라는 이름이 더 정확하다고 한다.

우리가 알고 있는 도라지꽃은

보랏빛에 별처럼 뾰족한 모양이지만

리시안셔스는 치맛자락처럼 펄럭이는 모양이다.

그래서 더 다른 꽃으로 느껴지는 것 같다.

아름다운 꽃의 모양과 분위기와는 달리

'경계하다'라는 꽃말을 지니고 있어 알면 알수록 색다른 꽃이다.

라일락

멍하니 음악을 들으며 걷다가
갑자기 나는 향긋한 향기에 두리번거리면
어김없이 주변에 라일락이 피어있다.
라일락은 벚꽃처럼 화려하지는 않지만
조용하고 향기롭게 봄을 알려 주는 꽃이다.

꽃이 향기로운 시간도 잠시,
바쁜 일상 속에서 시간을 치이다 보면
라일락이 언제 폈는지 모르게 금세 져버리지만
그 향기는 코끝을 지나 마음속에 간직하고 있다.

#028
West indian jasmine

익소라

나랑 성은 다르지만 이름은 같은 꽃, 익소라다.

말레이시아 랑카위에서 본 꽃으로

강렬하고 화려한 색감에 눈길을 빼앗기는 꽃이다.

역시나 걷다가 바로 멈춰 서서 사진을 계속 찍었다.

익소라는 말레이시아가 원산지라서

말레아시아 여행 중에 어렵지 않게 볼 수 있다.

우리나라에서도 관상용으로 집에서 많이 키우는 꽃이기도 하다.

#029
Plate pattern

그릇무늬

결혼하고 나서 그릇에 눈길이 많이 간다.

요리를 자주 하거나 잘 하지는 못하지만 그릇 욕심이 생겼다.

신혼일 때 많이들 거쳐 간다는 그릇병(?)인 것 같기도 하다.

가끔씩 하얀 그릇을 보면

그릇에 그림을 그리고 싶어질 때가 있다.

심플한 모습도 좋지만 직접 그릇에 그림을 그려 그림처럼

나만의 그릇을 만들고 싶은 것이다.

이 그림은 결혼 전에 그린 그림이긴 하지만

그릴 때부터 패턴을 생각하고 그린 그림이라

이런 스타일의 그림을 그릇에 그려보고 싶다.

얼마 전 작업실 주변을 돌아다니다

그릇에 그림을 그릴 수 있는

도자기 공방 앞을 한참 서성이다가 왔는데

시간이 될 때 다시 가서 그릇에 그림을 그려봐야겠다.

라넌큘러스

라넌큘러스의 이름은

개구리라는 뜻의 라틴어 'Rana'에서 유래했다.

라넌큘러스가 개구리처럼 습한 지역에서

잘 자라는 특성을 가지고 있어 붙여진 이름이다.

꽃 한 송이마다 300장 이상의 꽃잎을 가지고 있는

라넌큘러스는 줄기가 도톰하지만

속이 비어있어 툭 부딪히면 바로 꺾여버리기 십상이다.

연약하고 부드러운 느낌의 라넌큘러스 이름이

천방지축 개구리에서 유래했다니

라넌큘러스의 숨겨진 또다른 매력을 발견한 것 같다.

노란 장미

꽃 그림을 그리는 딸을 위해

우리 부모님은 산책을 갈 때마다

그 계절의 꽃과 나무, 그리고 풍경 사진을 찍어 온다.

가끔씩 한꺼번에 수십 개의 카톡이 와서

깜짝깜짝 놀라기도 한다.

초점이 나가고 구도가 틀어진 사진이 훨씬 많지만

부모님의 사진으로 그 계절을 자연스럽게 만날 수 있다.

이 예쁜 노란 장미도 그렇게 내게 와서 그림이 되었다.

그림 그리고 글씨

초등학교 1학년 때, 담임 선생님이

반에서 글씨를 가장 못 쓰는 여학생 한 명,

남학생 한 명을 앞으로 나오라고 해서 손바닥을 세 대씩 때렸다.

그때 내가 불려 나가 울면서 세 대를 맞았는데

어찌나 서러웠는지 그때의 기억이 지금도 잊히지 않는다.

그래서 지금도 글씨에 영 자신이 없다.

그런데 그림 작업을 하다 보면 글씨를 써야 할 때가 있다.

그림에 들어가는 내 글씨를 본 사람들이

그 모습 그대로 예쁘게 봐주었다.

전문적인 느낌이 아니지만

자연스러운 삐뚤삐뚤함이 그림과 잘 어울린다고.

나처럼 글씨에 자신이 없는 사람은 그림을 스캔하거나

사진 찍은 후에 포토샵이나 어플로 글을 써보길 권한다.

몇 번이고 썼다 지웠다 할 수 있어서

충분히 글씨 쓰는 연습을 할 수 있다.

#033
Lisianthus

리시안셔스

6월의 따뜻한 날,

꽃 시장에 갔더니 가격도 저렴하고 예쁜 꽃이 많았다.

꽃 시장은 오후 1시에 문을 닫아서 그보다

한 두 시간 전에 가면 더 저렴하게 구입할 수 있는데

대신 상태가 안 좋은 경우도 많다.

이날은 핑크빛 리시안셔스와 작약 한 다발,

노란 장미 한 다발, 불로초 한 다발, 베로니아 한 다발을

샀는데도 3만원이 채 안됐다.

하지만 아쉽게도 작약은 집에 오자마자 꽃잎이 하나씩 떨어 졌다.

그래도 리시안셔스는 싱싱하게 피어났다.

오랜만에 꽃들을 주변에 잔뜩 꽂아 두고

그림을 그리는데 꽃 정원에서 그림을 그리는 것 같았다.

능소화

옛날, 복숭앗빛의 붉은 볼을 가진
소화라는 궁녀가 있었다.
소화가 임금님의 사랑을 받자
다른 후궁들은 소화를 질투하고 시기했다.

그들은 소화를 위기에 빠뜨리려 음모를 꾸미고 모함했다.
그 모함을 믿은 임금님은
소화의 처소에 나타나지 않았고
소화는 임금님을 기다리다가 지쳐 병이 났다.
그리고 병들어 죽게 된 소화는
'궁궐 담 아래에 묻어 주면 꽃으로 피어나 임금님을 기다리겠다'
고 유언을 남겼다.
유언대로 소화는 궁궐 담 아래에 묻혔고 그 자리에
능소화가 피어났다.

#035
I just want them to feel what they feel

각자의 느낌으로

가끔은 설명이 필요 없이 보는 사람마다
느끼는 감정대로 느꼈으면 하는 그림들이 있다.
하나의 그림에서 서로 다른 감정을 느끼고
다른 사람의 생각을 공유하면서
새로운 시각들을 배우곤 한다.
자신의 직관적인 느낌을 믿어보길 바란다.

#036
Callicarpa
dichotoma

좀작살나무

어느 해 가을 무렵 선선한 바람을 느끼러

하늘공원으로 산책을 갔다.

가을이라 꽃보다는 잎사귀들이 눈에 들어왔다.

아직 단풍이 들지 않아

초록빛의 얼굴이 더 많이 보이는 그 사이에

눈에 띄게 선명한 보랏빛의 이름 모를 열매가 보였다.

영롱한 반짝임에 반해 사진을 찍어와 무작정 그림을 그렸다.

나중에 좀작살나무 열매인 것을 알게 되었다.

작고 둥근 열매라 눈에 잘 띄지 않지만

한번 찾으면 눈길을 빼앗길 것이다.

올 가을 산책길에 숨겨진 보랏빛 보석을 찾아보길 바란다.

초록리스

나는 울트라마린 색감의 파란색을 가장 좋아하고

그 다음 좋아하는 색은 초록색계열이다.

그래서 옷이나 소품도 파란색이 들어가는 것들이 가장 많다.

그런데 아무래도 식물을 그릴 때에는

울트라마린처럼 진한 파란색이 많이 들어가지 않아

이런 색은 주로 풍경화 그릴 때 많이 쓴다.

그래서 식물을 그릴 때 초록색을 많이 쓴다.

이 그림은 가운데 내 이름을 써서 프로필로 많이 쓰는 그림이다.

초록이 자유롭게 얽혀 있는 모습이 예쁜 그림이다.

푸른빛 하늘 아래

말레이시아 쿠알라룸푸르에 여행을 갔을 때,

저렴하게 새 호텔에 머무를 수 있었다.

날이 습하고 더워서 걸어다니며 관광하는 것보다는

호텔 옥상에 있는 수영장에서 수영하면서

그림 그리는 휴식을 택했다.

수영을 하고 나오니 물이 닿은 살갗이 서늘해져

그림 그리기 좋은 기분이 되었다.

가만히 누워서 주변에 심어져 있는 열대 식물들을 따라

눈을 올리니 푸른빛 하늘이 보였다.

푸른빛 하늘아래 초록이들이 있고

그 아래 그림 그리고 있는 내가 있었다.

고광나무

온갖 화려한 꽃들이 피어나 눈이 즐거운 봄,
소박하지만 고결한 꽃도 조용히 피어나고 있다.
고광나무 꽃이다.
사실 고광나무는 조금만 자세히 주위를 바라보면
금세 찾을 수 있는 흔한 나무다.
꽃은 작지만 자세히 보면 굉장히 섬세하고 우아하다.
이 고광나무 꽃 그림은
내가 특히 애착을 가지고 있는 그림이라
우리 집 거실에 걸어 두었다.

튤립

튤립을 그리기 전에는

튤립은 '참 단순하고 귀엽게 생긴 꽃'이라고만 생각했다.

어릴 때 가장 많이 그리는 꽃 중에 하나가 튤립이지 않는가?

아래는 둥글게 그리고 위쪽은 뾰족한 산을 세 개 그리면

튤립 완성!

하지만 자세히 관찰해보면 잎사귀도 많고 잎의 모양이 세밀해서

그리 단순하게 생긴 꽃이 아니란 걸 알 수 있다.

그래서 그리는데 충분한 관찰과 차분한 붓 터치가 필요하다.

생화를 관찰하며 그리면 그리는 사이에 꽃잎이 조금씩 피어난다.

튤립은 꽃잎이 피기 전 모습이 익숙하지만

완전히 피어난 모습도 우아하다.

낯익다고 생각한 꽃의 생소한 면모를 발견하며

그림을 그리는 시간은 그저 행복하다.

오후 햇살 머금은 들꽃밭

그림을 좋아하는 이유 중 하나가 대리만족이다.

현실에서 못하는 것, 하면 안 되는 것, 하고 싶은 것

모두 종이 위에 표현이 가능하기 때문이다.

이렇게 따뜻한 햇살을 담은 색감의 그림은

그리면서 나른한 기분이 든다.

그 나른함이 일을 방해할 수도 있지만

너무 달콤해서 낮잠에 빠질 것 같은 기분이다.

내게 그림을 그리는 시간은 일하는 시간이기도 하지만

그냥 이유 없이 나른함에 빠지는 것도 나쁘지 않은 것 같다.

사진찍기

그림을 완성하고 나서 사진으로 담는 것도
굉장히 중요한 작업이라고 생각한다.
모두에게 직접 원화를 보여 줄 수 없기 때문에
원화와 비슷한 느낌으로 그림의 분위기를 살려서
사진을 찍어 전달하고 싶다.
그림 도구나 꽃, 그리고 소품으로 테이블을 꾸미며
사진을 많이 찍는다.
맑은 날이 사진이 잘 나올 것 같지만
흐린 날에 찍은 사진이 원화와 더 비슷한 색감이 나온다.
햇빛이 강한 날은 햇빛 때문에 노랗게 나오는 경우가 많다.
흐린 날이나 햇빛의 그림자 안에서 찍으면
가장 마음에 들게 사진이 나오는 것 같다.
사진은 핸드폰으로 가장 많이 찍기 때문에
빛과 테이블의 느낌만 좋으면
어디서든 충분히 좋은 사진으로 남길 수 있다.
이렇게 그림 그리는 중간 과정과 그리는 동안의 느낌도
고스란히 사진 안에 담아두고 있다.

Rape Flower

유채꽃

친구와 함께 몇 해 전 1월 초에 제주도에 간 적이 있다.

1월의 제주도는 날씨가 몹시 매서웠다.

관광지에 도착하면 차갑고 날카로운 바람에

발을 동동 거리며 빠르게 둘러보곤 후다닥 차에 올랐다.

그렇게 계속 차를 타고 드라이브를 하던 중에

노란 유채꽃 밭을 만났다.

1월에 유채꽃이라니.

반갑지만 어떻게 이런 날씨에 유채꽃이 피었는지

신기한 마음도 들었다.

꽃밭에 들어가려면 입장료 천원을 내야 했다.

처음에는 꽃밭 구경에 천원을 내야 하나 했는데

그 생각도 잠시, 이 추운 겨울에 노란 유채꽃을 보고 있자니

천원도 저렴하다는 생각이 들고

오히려 밭주인에게 감사한 마음이 들었다.

아네모네

옛날 미소년의 대명사로 불릴 정도로
용모가 빼어난 아도니스라는 청년이 있었다.
아도니스는 미의 여신 아프로디테의 사랑을
흠뻑 받았는데 아프로디테는 아도니스가
자신의 곁에만 계속 있길 바랐다.
하지만 사냥을 좋아하는 아도니스는
자주 밖으로 나가 돌아다녔다.
그러던 어느 날 아도니스는 사냥을 나갔다가
아프로디테의 연인인 아레스가 변신한 멧돼지에게
물려 죽게 되었다.

이때 아도니스가 흘린 피에서 아네모네가 피어났고
비보를 접한 아프로디테가 흘린 눈물에서 장미꽃이 피어났다.

해바라기

물의 요정 클레티에는

태양의 신 아폴론을 사랑하여 그에게 계속 구애를 했다.

하지만 아폴론은 페르시아 공주 레우코테아를 좋아했기 때문에

클레티에를 외면했다.

질투에 눈이 먼 클레티에는

레우코테아가 아폴론과 정을 통한다는 소문을 퍼트렸다.

이 소문을 들은 레우코테아의 아버지이자

페르시아의 왕 오르카모스는 몹시 분노하여

딸을 산채로 매장을 해버렸다.

레우코테아가 사라지면 아폴론이 자신을 받아줄 거라 생각한

클레티에가 다시 한 번 아폴론에게 자신의 마음을 전했지만

아폴론은 사랑하는 연인을 죽게 만든 클레티에를 미워했다.

아폴론의 사랑을 얻지 못한

클레티에는 9일 동안 아무것도 먹지 못하고

하늘에 있는 아폴론만 바라보기만 하다가

결국 대지에 뿌리를 내리고 해바라기로 변했다.

장미덩굴

알려주기 전에는 이 그림 속 꽃이 장미인줄 모르는 사람들도 더러 있다.

가장 대중적인 꽃인 장미는 종류도 굉장히 많이 있다.

그 중에는 이렇게 활짝 폈을 때 장미처럼 보이지 않는 꽃도 있다.

장미를 그릴 때 한 잎 한 잎씩 그리는 스타일을 좋아한다.

하지만 여러 송이가 흐드러지게 피어 있을 때는

이렇게 물 느낌을 잔뜩 살려 표현하는 편이다.

꽃송이 하나에 다양한 색감이 섞여

오묘한 빛깔을 만들어 내는 것을 표현하기 위해서다.

따뜻한 봄날 하늘에서 내려오는 장미덩굴과

땅에서 피어나는 연보랏빛의 들꽃의 조화가 매혹적이었다.

목화솜

아주 옛날 중국에 '모노화'라는 아름다운 여자가 살고 있었다.

모노화는 한 상인과 결혼해 귀엽고 예쁜 딸을 낳아 행복하게 살고 있었다.

그러던 어느 날 전쟁이 일어나 모노화의 남편이 군인으로 차출되어 전쟁터로 떠났다.

하지만 남편이 전사를 하고 설상가상으로 전쟁 때문에 먹을 것이 없자

모노화는 딸을 살리기 위해 자신의 살점으로 음식을 만들어 딸에게 먹였다.

결국 모노화는 과다출혈로 죽고 말았다.

어느 날 모노화의 무덤에서 작은 새싹이 올라오더니 열매에서 새하얀 솜이 나왔다.

사람들은 모노화가 죽어서도 딸을 따뜻하게 해주고 싶은 엄마의 마음이 식물로

자랐다고 하여 이 식물을 모노화의 이름을 따서 '모화'라고 불렀다.

모화는 시간이 흘러 지금은 '목화'로 불리게 되었다고 한다.

#048
Camellia

동백꽃

서울에서 부산으로 이사를 온 후
동백꽃은 나에게 친근한 꽃이 되었다.
동백꽃이 필 무렵 집 근처의 동백섬에 가면
울긋불긋 야무진 꽃망울들이 차례대로 나온다.
동백꽃은 추운 겨울에 피는 꽃이라 그런지
보는 사람들 저마다 다른 생각을 하게 만드는 꽃인 듯하다.
동백꽃에 얽힌 시와 노래, 그리고 글 구절들이 꽤나 많이 있다.
옷을 입어도 추운 겨울에 맨 몸으로 찬 바람 맞아가며 피어나니
그 모습 하나만으로 가만히 생각이 들게 한다.

재패니스 아네모네

오클랜드 길가 어느 곳에

흐드러지게 피어있던 아네모네의 사진을 찍은 적이 있다.

한두 송이가 아니라 줄기에 여러 송이가 달려있어서

아네모네들의 작은 군락지처럼 보였다.

오묘한 색감이 시선을 끌었다.

보통 아네모네는 꽃잎의 색감이 진하거나

꽃술이 짙은 남색, 혹은 검은색에 가까운 것을 많이 봐왔는데

이 아네모네는 꽃잎의 색감도 차분하고

술도 연둣빛과 노란 빛이라 처음에는 아네모네인지도 몰랐다.

줄기도 코스모스처럼 얇고 길다.

수국의 꽃 색이 흙의 PH 농도에 따라 달라지는 것처럼

아네모네도 나라와 지역에 따라 꽃 색이 다른가보다.

익숙한 이름을 가진 꽃의 색다른 모습에 한참을 바라보았다.

솔체꽃

한 산골 마을에 양치기 소년이 살고 있었다.

어느 날 마을에 무서운 전염병이 돌아 많은 사람들이 죽어갔고

소년의 식구들도 전염병에 걸리게 되었다.

소년은 식구들을 살릴 약초를 캐기 위해

깊은 산 속으로 들어갔다.

깊은 산을 헤치고 다니던 소년은 그만 기운이 빠져 쓰러져버렸다.

한참 후 정신 차린 소년 앞에 예쁜 요정이 나타나

희귀한 약초를 주었고 약초를 먹은 소년은 기운을 차렸다.

소년에게 반한 요정은 온 산에 있는 약초들을 구해주었고

그 약초로 소년은 마을 사람들과 식구들을

모두 전염병에서 구해냈다.

하지만 요정의 마음을 모르고

양치기 소년은 마을의 다른 소녀와 결혼을 하고 말았다.

요정은 너무나 서러워서 슬퍼 울다 죽고 말았다.

이를 불쌍하게 여긴 신이 요정을

어여쁜 솔체꽃으로 피어나게 해주었다.

113

PART 3

FLOWER&GREEN

하얀 장미

이 장미처럼 하얀색 꽃을 그릴 때는

더 신경을 많이 써야 해서 채색이 어렵다.

너무 흐리면 하얀색의 명암이 표현되지 않고

너무 진하면 금세 회색빛이 돌기 때문이다.

가장 밝은 부분은 종이를 그대로 남겨 두고

어두운 부분만 조금씩 신경 쓰면서 색을 넣어 명암을 준다.

이 회색빛 명암에 노란색을 살짝 섞으면

노란빛이 나는 하얀 꽃이 되고

분홍색을 살짝 섞으면 핑크 빛이 나는 하얀 꽃이 된다.

꽃 중에 장미는 그리기 더 어려운 꽃이다.

생김새가 꽃잎 한 장마다 오목하면서도 바깥으로 휘어져 있는데

이 두 볼륨을 모두 나타내야 하기 때문이다.

스위트피

스위트피(Sweet pea)라는 영어 이름은
꽃에서 달콤한 향기가 나서 붙여진 이름이다.
물속에 잉크가 번지듯
자연스레 달콤함에 젖어 드는 색감으로
스위트피를 그리고 싶었다.
스위트피는 나비가 날아가려고 날갯짓하는 것처럼
보이는 생김새 때문에 '작별'이라는 꽃말을 가지고 있다.
나는 나비가 날아와 앉아 있는 모습이라고 생각했는데
꽃말은 날아가려고 하는 모습으로 보고 지어진 것 같다.
날아오르려는 날갯짓으로 봤다면
'환영', '만남'이라는 긍정적인 꽃말이 되지 않았을까?

먼 옛날 일본에 국이라는 이름을 가진

어여쁜 소녀가 살고 있었다.

국은 옆집에 살고 있는 수라는 소년을 사랑해서

늘 수를 따라다녔고 수는 그것을 귀찮게 생각했다.

비가 많이 오던 어느 날

수는 그런 그녀를 따돌리기 위해 산으로 들어갔고

국은 수를 따라가다가 빗물에 그만 미끄러져

절벽 밑으로 떨어져 목숨을 잃었다.

수는 그녀를 죽게 만들었다는 죄책감에 상심하다가

국을 따라 절벽 아래로 몸을 던지고 말았다.

수와 국의 부모들은 시신을 수습하여

따로따로 묻어 주었는데 그들의 무덤가에 꽃이 피어났고

그 꽃이 서로의 무덤까지 이어져 마주보게 되었다.

그리하여 그 수와 국의 이름을 따서

이 꽃을 수국이라고 부르게 되었다고 한다.

수국

나이테

즐거웠던 시간들, 힘들었던 시간들,

아무 의미 없이 흘러가는 시간들,

모든 시간이 몸 안에 흔적으로 남는다.

그리고 더 긴 시간이 흐르면

우리는 그 흔적을 추억이라고 부른다.

나의 어떤 시간도 추억으로 간직되면 좋겠다.

칼라

얼마 전, 친구가 작업실에 놀러오면서 선물로 칼라 화분을 사왔다.

꽃 시장에서 예쁘게 다듬어진 칼라는 본적이 있지만 화분에 담긴 칼라는 처음 봤다.

잘 다듬어진 생화만 보다가 화분에 심어진 모습을 보니 그냥 인테리어 소품이 아니라

살아있고 자라나는 생명체를 보는 느낌이 들어서 더 친근했다.

칼라 화분은 한 달 정도 꽃을 볼 수 있었다.

꽃이 시들려고 할 때 줄기를 잘라서 화병에 꽂았더니 다시 기운을 차렸다.

오래 칼라 꽃을 감상할 수 있어서 더 좋았다.

겨울의 꽃다발

겨울 꽃다발들은 유난히 강렬한 색감의 꽃들이 많다.

하얀 리시안셔스가 중심에 얼굴을 내밀고 있고

미모사가 귀엽게 매달려 있는 꽃다발이다.

보라색 꽃은 프리지어다.

겨울에는 꽃 가격이 더 비싸지만

요즘에는 꽃을 책처럼 구독하는 서비스가 있어서

일주일에 한 번씩 부담스럽지 않은 가격으로 만날 수 있어 좋다.

이 꽃다발도 그렇게 배송이 된 꽃다발이다.

팬지

사랑의 신 큐피드는 젊고 아름다운 요정인 님프를 사랑했다.

그래서 님프도 자신에게 반하도록

그의 가슴에 사랑의 화살을 몰래 쐈다.

그러나 화살이 빗나가 엉뚱한 팬지꽃에 날아가 맞았다.

원래 하얀색을 띠던 팬지꽃은 큐피드가 쏜 화살을 맞고 난 후

하얀색과 노란색, 그리고 보라색

삼색으로 변하는 팬지가 되었다고 한다.

스위트피

초록 가지에 올라앉은 노란 나비들의 몸짓,

나비처럼 가볍고 아름다운 몸짓을 하고 있는 스위트피다.

실크처럼 부드럽고

우아한 모습을 하고 있는 나비 떼 같다.

스위트피라는 꽃을 알지 못할 4살짜리 어린 조카에게

"이 그림 뭐 같아?" 라고 물으니 신기하게도

주저 하지 않고 "나비 같아. 노란 나비" 라고 대답했다.

노란색의 아름다운 꽃잎이 아이의 눈에도

영락 없이 노란 나비처럼 보이나보다.

크로커스

옛날 그리스에 크로커스라는 청년이 살고 있었다.

청년은 코린토스 출신의 리즈라는 처녀를 사랑했지만

리즈에게는 이미 약혼자가 있었다.

그러던 어느 날 리즈의 어머니가

리즈를 데리고 떠나 버리자

크로커스는 사랑의 신 아프로디테에게 이야기하여

비둘기를 한 마리 받아 리즈와 몰래 연락을 주고받았다.

이 사실을 알고 분노한 리즈의 약혼자가 활을 쏘아

이 비둘기를 제거하려 했는데

빗나간 화살에 그만 리즈가 맞아 죽고 말았다.

충격 받은 리즈의 약혼자는

이 모든 비극의 원흉은 크로커스라며 크로커스마저 죽여 버렸다.

아프로디테는 크로커스의 죽음을 애통해하며

그를 꽃으로 만들어 주었고

그의 이름을 따서 크로커스라고 불렀다.

달리아

프랑스 나폴레옹 황제의 왕비인 조세핀은

정원에 아름다운 달리아를 심어놓고

사람들에게 자랑하면서도 남에게 한 송이도 주지 않았다.

그런데 조세핀의 달리아를 너무 갖고 싶었던

어느 귀부인이 정원사를 꾀어

달리아를 몰래 캐어다 자신의 정원에 심었다.

이 사실을 안 조세핀이 불같이 화를 내며

그 부인과 정원사를 멀리 내쫓고 달리아를 모두 뽑아버렸다.

정원사는 떠나며 조세핀에게

'자신만의 정원에서 피는 달리아는 행복한 달리아가 아니다'

라고 말했다.

진정 행복하고 아름다운 꽃은

모든 이가 보고 함께 아름답다고 느끼는 꽃인 것이다.

카네이션

미국의 작은 마을 웨이브스터에 쟈비스라는 부인이 있었는데
마을 주일학교의 학생들이 어머니처럼 존경한 인물이었다.
쟈비스 부인이 지병으로 세상을 떠나자
학생들과 마을 사람들은 그녀를 추모하기 위해 교회에 모였다.
그때 쟈비스의 딸인 안나가 자기 집 마당에 핀
하얀 카네이션을 한 아름 안고 와 어머니의 영전에 바쳤다.
그 후 매년 쟈비스의 기일에 이런 행사가 계속되었고
다른 사람들도 돌아가신 자신의 부모에게
하얀 카네이션을 바치게 되었다.
하얀 카네이션은 돌아가신 부모님께,
살아계신 부모님께는 빨간색 카네이션을 드린다.
빨간 카네이션은 건강하시길 바라는 마음과
존경의 마음이 담겨 있다.

꼭 어버이날이 아니더라도 가끔씩 부모님께
카네이션 한 송이 선물해보는 것이 어떨까?

붉은 들장미

결혼 전 부모님과 함께 살던 아파트에서 20년을 살았다.

부모님은 지금도 살고 계시니

나도 더 오랜 시간을 그 곳에서 보내게 될 것이다.

아파트 담벼락에는 매년 5월 즈음 붉은 들장미가 피어난다.

등하교를 하던 어린 시절에는 가시에 닿아 긁히기도 하고

제멋대로 핀 모습이 예뻐 보이지도 않아서 별로라고 생각했다.

그렇게 스무 해를 매년 장미를 만났다.

그리고 또 돌고 돌아 붉은 들장미의 계절이 오고 있다.

이제는 붉은 봉오리가 올라오기만 해도

벌써부터 장미가 지는 것이 아쉬운 나이가 되었다.

양귀비

양귀비는 중국 당나라에서 가장 아름다운 미인으로

당나라 6대 황제인 현종의 아들인 수왕 이모의 아내였다.

양귀비의 아름다움에 매혹된 현종은

아들의 아내인 양귀비를 가로채는 패륜을 저질렀다.

그리고 양귀비에게 빠져 나랏일을 거의 돌보지 않았다.

이에 안녹산이 반역을 꾀하는 등,

양귀비를 죽이라는 거센 항의가 이어졌고

결국 현종은 눈물을 머금고 양귀비를 목메어 죽게 했다.

양귀비의 치명적인 아름다움 때문일까.

아름답지만 마약을 만들 수 있는 이 꽃에

양귀비란 이름이 붙었다.

양귀비를 해어화(解語花)라고도 부르는데,

이는 현종이 양귀비에게 지어준 별명으로

'말을 알아듣는 꽃', 즉 양귀비가 얼굴만 예쁜 게 아니라

왕과 말이 통할 정도로 총명하다는 뜻이다.

천일홍

#064
Globe amaranth

옛날 어느 마을에 가난하지만 행복한 장사꾼 부부가 있었다.

남편은 사랑하는 아내가 고생하지 않도록

빨리 가난에 벗어나고 싶어서 장사를 하러 멀리 떠나게 되었다.

그리고 남편은 연락이 없이 오랫동안 돌아오지 않았다.

아내는 남편이 반드시 집으로 돌아오리라 믿고

하루도 빠짐없이 언덕 위로 올라가 남편을 기다렸다.

남편을 기다리다 지친 아내는

언덕 주위에 핀 아름다운 꽃들이 시들어 버릴 때까지만

남편을 기다리겠다고 마음먹었다.

그 마음을 알았는지 꽃은 천일 동안 시들지 않고

남편이 큰 돈을 벌어 돌아올 때까지 피어 있었다.

아내가 천일 동안 남편을 기다리게 한 그 기특한 꽃이

바로 천일홍이었다.

#065
Tropical green

트로피칼 그린

더위를 물리칠 방법이 무엇이 있을까?

눈으로 피서를 떠나보자.

시원한 트로피칼 그린을 보면서

잠시나마 더위를 잊어보길.

생화와 함께하는 그림

실제 꽃과 함께 하는 그림이다.

중간 중간 생화를 두고 그림을 그려서 생화와 그림이 함께 있는 작품이다.

이런 작품들은 꽃이 시들기 전에 사진이나 동영상으로 완성된 모습을 간직할 수 있다.

실제로 그릴 때는 꽃들로 미리 위치를 잡아 구성한 다음,

잠시 종이에서 빼 놓고 그림을 그린다.

그림이 완성되면 다시 꽃을 종이에 올려 완성된 모습을 연출하는 것이다.

입체적인 모습과 평면적인 모습이 함께 공존해서 생동감이 느껴진다.

생화는 종이 위에 올려서 연출하지만 드라이플라워 같은 경우는

테이프나 얇은 철사로 종이와 고정시켜 종이에 붙인 상태로 보관하기도 한다.

그림 그리는 시간

보통 하나의 그림을 그리기 시작하면

그 그림을 모두 완성하고 다음 그림을 그리기 시작한다.

그리는 중간에 멈추지 않고

조금이라도 매일 꾸준히 그려서 완성해 나가려 노력한다.

중간에 다른 그림을 그리기 시작하면

처음 그리던 그림을 다시 그리기가 싫어진다.

이 수국 그림은 그리는 중간에 여행 일정이 있어서

한참 쉬었다가 여행에서 돌아와 다시 그린 것이다.

그리고 여행 중에는 다른 그림을 그렸다.

다 그리는데 한 달이 넘게 걸린 것 같다.

완성하기까지 힘들지만 그 시간이 지나면

그 시간만큼 한 뼘 더 컸다는 걸 스스로 느낀다.

그림에 관한 것만이 아니라

인내나 여유 같은 감정이 한 뼘 성장한 느낌이다.

다음에는 더 오랜 시간 집중할 수 있을 것 같고

더 꾸준히 그릴 수 있을 것 같고

좋은 그림을 그릴 수 있을 것 같은 긍정적인 한 뼘이다.

옥시

푸른빛의 옥시는 블루스타라는 이름도 가지고 있다.

다섯 개의 꽃잎이 말 그대로 파란별처럼 보인다.

그래서 블루스타라는 이름이 더 끌리고 정이 간다.

푸른빛과 보랏빛이 오묘하게 섞여서 신비스러운 분위기가 난다.

꽃의 줄기를 자르면 하얀색 액체가 나와서

꽃꽂이 할 때 조심해 주는 것이 좋다.

블루스타는 색감이나 형태가 물망초랑 비슷한 느낌이 든다.

물망초가 어린 소녀 같다면

블루스타는 귀엽고 발랄한 소녀 같은 느낌이다.

소국

나이를 한 살씩 먹으면서

좋아하는 음식이나 취향이 조금씩 달라지듯

좋아하는 꽃도 달라지는 것 같다.

예뻐 보이던 꽃이 안 예뻐 보이지는 않지만

안 예뻐 보이던 꽃이 예뻐 보이는 경우가 생겼다.

그 중 하나가 소국이다.

불과 몇 년 전만 해도

소국의 소박한 모습이 촌스러워 보여서 그리 좋아하지 않았다.

어느 날 무슨 마음에서인지 소국 한 다발을 사왔는데

몇 주 동안 시들지 않고 은은한 향을 내고 있었다.

화려하지 않아 질리지 않는 모습과 향,

오래가는 생명력의 소국이 이제는 매력적으로 느껴졌다.

왁스플라워

왁스플라워는 원래 호주 서부 사막지역에서 자라지만

환경 적응성이 뛰어나 어느 정도 습한 지역에서도 잘 자란다.

가지에 달린 작은 꽃들의 모양이

마치 동양에서 많이 보는 매화꽃을 닮아서

아시아가 원산지인 꽃일 거라 생각했는데

호주의 사막 지역이 원산지여서 의외였다.

꽃잎이 마치 왁스를 입힌 것 같은 질감이기 때문에

이름이 왁스플라워라고 한다.

요즘 플라워 숍에서 자주 볼 수 있는 꽃이다.

목련

하늘나라의 아름다운 공주가

북쪽 마을의 바다지기를 보고 한눈에 반해버렸다.

하지만 바다지기는 이미 결혼을 한 상태였고

뒤늦게 그 사실을 안 공주는

이룰 수 없는 사랑에 슬퍼하며

바다에 몸을 던져 죽고 말았다.

이를 안 바다지기는 공주의 사랑에 감동하여

그녀의 주검을 잘 거두어 묻어주었고

그 자리에 하얀 목련이 피어났다고 한다.

북쪽마을 바다지기를

사랑한 공주의 마음이 남아 있는 걸까?

목련은 해 잘 드는 남쪽이 아니라

찬바람 부는 북쪽을 바라보고 피어나 북향화라고도 불린다.

색감 고민

그림 그릴 때 마다 색감에 대해 고민을 한다.

실제 꽃과 비슷한 느낌으로 그릴지

조금 다르게 표현할지부터 시작해

어떤 방법으로 원하는 색감을 종이에 담을지도 고민한다.

그래서 한 브랜드만 사용하는 게 아니라

여러 브랜드의 물감을 색별로 분류해서 섞어 사용한다.

이 브랜드에 없는 색감이 저 브랜드에 있고

서로 다른 브랜드의 색을 섞어 새로운 색을 만들 수 있기 때문에

많이 쓰고 섞어 보면서 원하는 색을 만들어 내야 한다.

좋은 색을 만들었을 때에는

다음에 똑같은 색을 만들 수 있도록 기억하고

또 다른 색을 만드는 걸 시도해본다.

오늘 그린 그림이 어세보다 좋은 그림이 되고

내일 그릴 그림이 가장 좋은 그림이 되는 것이

내 목표 중 하나다.

그러려면 원하는 색감을 자유로이 만들어 내는 실력이 필요하다.

히아신스

아름다운 이의 피는 꽃으로 피어나기도 한다.

태양의 신 아폴론과 아름다운 소년인 히아킨토스는 서로 사랑하는 사이였다.
아폴론과 히아킨토스가 원반던지기를 하며 놀고 있을 때였다.
히아킨토스를 짝사랑하던 바람의 신 제피로스가 이 둘의 사이를 질투하여
갑자기 바람의 방향을 바꾸어 원반을 반대쪽으로 날아가게 만들었다.
그러자 히아킨토스가 이 원반에 이마를 맞아 죽고 말았다.
슬픔에 빠진 아폴론은 죽은 히아킨토스의 이마에서 흘러나오는 피를
손가락에 찍어 'Ai Ai(슬프다)'라고 땅에 새겼다.

땅에 새겨진 히아킨토스의 피는 히아신스로 피어났다.

웨딩부케

이번 꽃은 내 웨딩부케다.

고등학교 단짝으로 같은 대학에 함께 진학한 친구가

만들어준 부케여서 더 의미가 컸다.

센스 있게 본식 때 들고 있을 부케와

친구에게 던지는 용도의 튼튼한 부케를 따로 만들어 왔다.

사실 결혼식 날에는 정신이 없어 자세히 못 봤었는데

손에 꽉 들고 있던 기억은 생생하다.

은방울 꽃, 에델바이스, 헬레보루스,

그리고 작은 위트장미로 만든 깨끗하고도 푸른 부케였다.

천천히 종이에 옮기니 그 날의 설렘이 느껴진다.

수채화 꽃다발

한 아름 받은 예쁜 꽃다발.

그 아름다운 모습을 영원히 간직하기 위해

그 모습 그대로 종이 안에 담아 본다.

지금은 친한 친구가 된 예전 회사 동료들과

회사 근처의 꽃시장에서 매주 수요일마다

꽃꽂이를 배운 적이 있다.

세련된 플라워 숍이 아니라

지하에 있는 꽃시장의 꽃집 사장님이 알려 주었다.

저렴한 가격의 수강료와 재료비로 고급 꽃은 아니었지만

기본에 충실하게 꽃 다루는 법을 배웠다.

수요일 밤마다 거대한 꽃바구니와 꽃다발들을 들고

지하철 구석에 서서 이리저리 치이며 퇴근하던 그 날이 생각난다.

꽃이 부딪힐까 조심하며 눈치 보며 퇴근했지만

완성된 꽃은 뿌듯함 그 자체였다.

watercolor flowers

PART 4

FLOWER&GREEN

플루메리아

동남아 지방이나 하와이에 가면 많이 볼 수 있는 '플루메리아'다.

러브하와이라고도 불린다.

새 하얀색에 가운데 부분만 노란빛이 돌고 향기로운 향이 나서

휴양지에 여행 온 기분이 들게 해주는 꽃이다.

해변에 있는 플루메리아 나무를 그린 그림이다.

나무 아래 한 두 송이씩 떨어져 있는

플루메리아를 잡고 사진을 찍는다.

배경이 없는 하얀색 꽃은 회색빛으로 흐리게 그리지만

이렇게 꽃 주변에 배경색이 있을 때는

하얀 부분을 비워두고 배경을 채색하면서 꽃 모양을 잡아준다.

이 그림을 그릴 때 플루메리아의 하얀 부분은

종이 그대로 두고 가운데 노란 빛이 도는 부분만 색을 입혔다.

향긋한 향기도 그림에 입힐 수 있다면 얼마나 좋을까.

#077
Picture in the rough

미완성그림

하나의 그림을 모두 완성하고
다음 그림을 그리려고 하지만
그 마음이 미치지 못하는 경우도 있다.
아직 완성하지 못한 그림이 하나 있다.
50x50cm 패널에 여러 가지 들꽃들을 그리려고 했는데
몇 해가 지난 지금까지 미완성이다.
절반을 그렸고 절반이 여백으로 남았는데
더 이상 손이 가지 않고 있다.
미완성인 모습이 가장 완성적인 모습이었던 것 아닐까.

꽃송이와 가지들

꽃 시장에서 리시안셔스와 유칼립투스,
그리고 소재 식물들을 한 아름 사와 꽃꽂이도 하고
꽃 바구니도 만들었다.
그리고 남은 꽃들을 테이블에 두고 보니
남은 아이들이지만 너무 사랑스러웠다.
남은 아이들끼리 모아서 끈으로 묶어주니
이렇게 귀여운 아기 꽃다발로 변신했다.

접시꽃

먼 옛날 꽃 나라에는 꽃의 임금인 '화왕'이 살았다.

화왕은 꽃 나라에 이 세상에서 가장 큰 꽃밭을 만들고 싶었다.

그는 '어화원'이란 큰 꽃밭을 만들어

이 세상 모든 꽃들에게 여기로 모이라고 명했다.

한편, 서천 서역국에는

세상의 모든 꽃들을 키우는 꽃감관이 있었다.

꽃감관이 계명산 신령님을 만나러 집을 비운 사이

꽃감관의 꽃들은 화왕의 명을 받고

모두 어화원으로 가고 말았다.

꽃감관이 집에 돌아와 사라진 꽃들의 이름을 불렀다.

그러자 대문 밖 담 너머에 있던 접시꽃만이 대답을 했다.

접시꽃은 모든 꽃이 떠나는 와중에 홀로 남아

꽃감관의 집을 지킨 것이다.

이에 꽃감관은 "내가 사랑해야 할 꽃은 너로구나"하며

접시꽃에게 고마워했다.

이때부터 접시꽃은 대문을 지키는 꽃으로 삼게 되었다고 한다.

나팔꽃

옛날, 그림을 잘 그리는 화공이 있었는데 그에게는 아름다운 부인이 있었다.

마을의 원님이 그녀를 탐하여 수청을 들 것을 강요하자

화공의 아내는 그 요구를 거부했다.

화가 난 원님은 높은 성에 있는 감옥에 화공의 아내를 가두었다.

아내가 너무 보고 싶었던 화공은 그녀를 그리워 하며 그림을 그렸다.

화공은 자신이 그린 그림을 아내가 갇힌 성 아래 땅에 묻어 놓고

아내를 그리워하다 죽고 말았다.

그 이후 화공의 부인은 매일 밤마다 남편이 나타나

'매일 밤 당신 곁을 찾아가는데 당신을 만나려고 하면

아침이 돼서 하고 싶은 말을 못하고 떠난다'고 말하는 꿈을 꾼다.

이상하게 생각한 부인이 아침에 일어나 창밖으로 성 아래를 보니

성벽을 타고 자라나는 꽃을 발견했다.

부인이 그 꽃이 남편이란 것을 알아보자 꽃이 이내 시들어 잎만 파르르 떨었다.

다음날 새벽에 다시 보니 활짝 핀 꽃의 줄기가 높은 성벽을 기어오르고 있었으나

부인이 갇힌 감옥까지 다다르지 못했다.

그녀는 멀리 높은 성벽에서 아침이 될 때까지 꽃을 향해 사랑을 속삭였고

꽃은 멀리서 들리는 작은 아내의 목소리를 잘 듣기 위해 나팔 모양의 꽃이 되었다.

클레마티스, 거베라, 장미

꽃 선물은 언제나 기분을 행복하게 만들어준다.

친구의 갑작스런 꽃 선물에 행복 지수가 더 올라갔다.

예쁜 꽃이 금세 시들까

내 나름의 방법으로 꽃들을 종이에 옮겨 담는다.

자줏빛의 꽃은 클레마티스이다.

핑크빛에 가운데 노란 술을 가지고 있는 꽃은 거베라,

오른쪽 위쪽에 있는 꽃은 누구나 다 알겠지만 장미꽃이다.

루드베키아

유럽인들이 북아메리카를 발견하고

그 곳에 사는 인디언들의 땅을 빼았던 시절의 이야기다.

어느 백인 장교는 아름다운 인디언 처녀를 보고

첫 눈에 반하게 되었고 그 둘은 곧 사랑에 빠졌다.

백인 장교는 사랑하는 인디언 여인을 위해

인디언과 백인들이 함께 행복하게 살 방안을 찾아

동부로 길을 떠났다.

동부로 간 장교는 상관을 만나

인디언과 백인들이 화합할 수 있도록 해달라고 청하였으나

상관은 오히려 백인 장교가 새로운 땅을 개척하는데

방해가 된다고 여겨 죽이고 말았다.

이 사실을 모르는 인디언 여인은 백인 장교를 계속 기다렸지만

그는 돌아오지 않았고 기다림에 지쳐

생을 다한 그녀가 죽은 자리에 노란 루드베키아가 피어났다.

루드베키아는 돌아오지 않을 사랑하는 연인을 기다리며

하늘을 바라보게 되었다고 한다.

배롱나무

3년 전쯤에 어머니가 가장 좋아하시는 꽃이라면서

배롱나무 꽃 그림 제작을 주문한 분이 있었다.

그때 배롱나무의 이름을 처음 들어 사진을 찾고 조사하게 되었다.

배롱나무 꽃은 한복 치맛자락 같은 꽃잎에

색감이 짙은 자주색이 인상적인 꽃이다.

그리면서 어머니를 생각하는 딸의 마음이 생각나서 정말 따뜻한 작업을 했다.

그렇게 배롱나무를 알게 된 후, 길을 걷다보면 배롱나무를 많이 보게 되었다.

이렇게 주변에 많았었는지 몰라서 신기하기도 했다.

요즘에 배롱나무를 가로수로 많이 심는다고 한다.

배롱나무 꽃은 자주색뿐만 아니라 파스텔 톤과 흰색 등 색이 다양하다.

베로니카

길쭉하고 뾰족한 모양의 베로니카다.

작은 꽃이 촘촘히 연결되어 있는 꽃이다.

이런 꽃을 그릴 때는 특히 물을 많이 써서

색감이 자연스럽게 섞이게 그린다.

세밀한 묘사로 그리는 표현도 있지만

이렇게 물과 물감이 섞이면서 표현되는 색감과 질감은

수채화에서만 느낄 수 있는 아름다운 묘미이다.

그릴 때마다 조금씩 다르게 마르는 표면은

오로지 물과 물감 둘이서 만들어낼 수 있는 감각이다.

가끔씩 그림을 그릴 때 물과 물감이 섞이는 예쁜 모습을

가만히 쳐다보고 있을 때도 있다.

한련화

한련화는 덩굴식물로 여러 송이의 꽃이 옹기종기 모여서 핀다.

원색의 색감이 생기 있고 발랄한 느낌을 주는 꽃이다.

이 꽃은 트로이의 전사들이 흘린 피에서 피어났다고 한다.

둥근 잎은 방패 같고 트럼펫 모양의 꽃은 투구와 같다.

한련화의 학명은 토팔레움(Topaleum)인데 트로피를 의미한다.

전사들의 용맹한 싸움과 승리를 떠올리게 하는 꽃이라서

그런지 한련화에는 애국심이라는 꽃말이 붙었다.

스톡

14세기경 스코틀랜드의 마아치 백작의 딸 엘리자베스는

로버트 3세의 아들이자 장차 왕이 될 사람과

강제로 약혼을 하게 되었다.

하지만 그녀는 이미 사랑하는 청년이 따로 있어서

결혼을 거부했고 백작은 말 안 듣는 딸을 성안에 가두었다.

그녀와 사랑하는 사이인 청년은 방랑시인으로 변장해

매일 엘리자베스가 감금되어 있는 성으로 찾아가서

함께 멀리 도망치자는 내용의 시를 엘리자베스에게 보냈다.

어느 날 엘리자베스는 한 송이의 스톡을 던져

애인의 뜻에 동의하고 탈출을 시도하지만,

도중에 성벽에서 떨어져 죽고 말았다.

애인을 잃은 청년은 엘리자베스가 던진 스톡을 모자에 달고

방랑시인이 되어 유럽을 헤매고 다녔다.

그래서 프랑스에서는 남성이 사랑하는 여성을 만나면

'절대로 바람을 피우지 않겠다'는 다짐으로 스톡을

모자 속에 넣고 다녔다고 한다.

또한 중세의 음유시인들도 스톡을 모자에 꽂고 다녔다고 한다.

커피나무

8년 전쯤 강릉여행 중에 어느 카페에서 커피나무를 만났다.

커피는 당연히 외국에서 수입하는 거라 생각했는데

국내에서 커피나무가 자라는 것이 신기해서

판매하는 자그마한 커피나무를 한 그루 사가지고 왔다.

4년 정도 키우면 열매가 맺기도 한다고 해서 기대를 하며 키웠다.

햇빛 보여 주고 환기 시켜주고 물만 잘 주면 열매가 열리겠지.

그런데 4년이 지나도 기다리는 열매는 안 열리고,

잎만 무성해지고 키만 죽죽 크더니 줄기가 가늘어져갔다.

나중에 알고 보니 화분갈이를 안 해줘서 그런 것이었다.

그러다 조금 길게 여행을 다녀온 사이에 커피나무가 죽어 버렸다.

4년 동안 키우며 정이 든 식물이라 아쉬워서

말라버린 화분을 한참 그대로 가지고 있었다.

이제 커피나무는 없지만 그림으로나마 열매를 맺히게 해주었다.

백일홍

옛날, 어느 바다마을에 목이 세 개 달린 이무기가 나타나

매년 사람들은 마을 처녀 한 명을 제물로 바쳤다.

그러던 어느 날 한 장사가 이무기를 없애기 위해 나섰다.

장사는 제물로 바칠 처녀로 변장해 있다가

칼로 이무기의 목 두 개를 베어버렸고

목이 하나만 남은 이무기는 멀리 바다 저편으로 도망갔다.

제물이었던 처녀는 기뻐하며 장사와 함께 살겠다고 했다.

그러나 장사는 도망간 이무기를 잡으러 배에 오르며

이무기를 잡으면 배에 흰 깃발을 달고,

실패하면 붉은 깃발을 달고 돌아오겠다고 처녀에게 약속했다.

백일 후, 장사는 이무기를 죽이고 무사히 잘 돌아왔다.

이무기가 죽을 때 내뿜은 피가 흰 깃발에 묻어 붉게 물들었는데

이를 모른 장사가 붉게 변해버린 깃발을 달고 그대로 돌아와버렸다.

멀리서 붉은 깃발을 달고 오는 장사의 배를 본 처녀는

장사가 이무기를 물리치지 못한 것에 실망하여

섣불리 아까운 목숨을 버린 것이다.

그 후, 처녀의 무덤에서 붉은 꽃이 피어났는데

이 꽃이 백일 간 기도를 드린 정성의 꽃, 백일홍이다.

해변다육이

정말 더웠던 여름이었다.

포항 바닷가로 놀러 가서 텐트 치고 쉬면서 그림을 그렸다.

너무 더워서 이글이글 달궈진 땅 위로

아지랑이가 피어오르던 날이었지만

바다 물속에 들어가면 차가운 물에 등이 서늘해졌었다.

그 더위에 모래사장이 아프리카의 사막처럼 보여서

선인장을 그리려다 귀여운 다육이들을 그렸다.

다육이들도 나와 같이 더위를 이기는 것 같았다.

헬레보루스

헬레보루스는 크리스마스로즈라고도 불리는 꽃이다.

12월 즈음에 피어 크리스마스에

예수님께 바치는 꽃이라서 크리스마스로즈라고 불린다.

추운 겨울과 어울리는 굉장히 우아한 꽃이다.

옆에 헬레보루스 생화를 두고 그리면서

예쁜 모습에 시선이 빼앗겨

붓을 멈추고 보고 또 바라보았다.

바닥에 두고 그리면 그리는 동안

물에 꽂지 못하기 때문에 사실 꽃에게는 정말 미안한 일이다.

예민한 꽃들은 그새 시들어 버리기도 한다.

그래서 생화를 보고 그릴 때는 더 신경 써서

꽃의 상태를 살피는 편이다.

다육이

내 주변 지인들은 다 알고 있는 이야기겠지만

사실 난 식물을 잘 못 키운다.

핑계지만 그 이유를 너무 사랑해서 그렇다고 말하곤 한다.

물을 너무 자주 주고 자꾸 만지며 사랑을 과도하게 주니

시달린 아이들이 금세 죽어버리고 말았다.

다육이들을 여러 개 사서 화분 하나에 한꺼번에 심어 놓고

잎꽂이 하려고 다육이 잎을 떼어 내서 베란다에 둔 적이 있다.

일주일 정도 매일 보다가 잎꽂이가 실패한 듯해서

관심이 조금씩 떨어졌다.

당연히 베란다를 둘러보는 횟수도 줄어들었다.

그러다 문득 생각나서 베란다에 갔을 때 깜짝 놀랐다.

다육이들이 말도 안 되게 커져 있었기 때문이다.

천 원짜리 다육이였는데 만 오천 원짜리로 커진 느낌이었다.

어떻게 이렇게 커졌냐는 질문에 엄마는 '그냥 뒀어!'라고 했다.

그때부터 식물들에게 적당히만 관심을 주어야 겠다고 생각했지만

언제나 그렇듯 이론은 알지만 실천이 어려운 법.

아직까지도 식물을 잘 못 키우는 것을 보면

식물을 사랑하는 마음을 적당히 갖기가 참 어려운 것 같다.

송이송이 꽃송이

반투명 꽃만큼 많이 그리는 송이송이 꽃송이 그림이다.

다양한 꽃들은 세필 붓을 이용해서

자그맣게 그리는 그림스타일이다.

작게 그리다 보니 종이 한 장안에 여러 종류의 꽃들을 그려서

귀엽고도 화려해 보이는 점이 특징이다.

좋아하는 스타일의 그림이다 보니

꽃 종류와 레이아웃이 다른 시리즈 그림이

작업실에 수 십장 자리하고 있다.

패널 그림

종종 종이 패널에 그림을 그리곤 한다.

액자를 따로 만들지 않아도 액자처럼 보이고

따로 스트레치를 하지 않아도 쫙 펴져 있는 종이 위에

그림을 그릴 수 있기 때문이다.

액자처럼 종이가 고정되어 있어 선반이나 벽에 기대어 두면

인테리어 효과도 낼 수 있다.

종이 패널은 직접 만들 수도 있지만 화방에서 구매할 수도 있다.

나는 주로 내가 원하는 종이로 주문제작을 한다.

단점도 있다.

직사광선을 받거나 보관을 잘못하면

나무 색이 종이로 올라올 수 있다.

또 패널이 나무로 만들어져 있기 때문에 두께가 두꺼워

콤팩트하게 보관하기가 쉽지 않다.

특별한 그림을 그리고 싶을 때

종이 패널에 그려보는 것을 추천한다.

플라워파티

가끔씩 그림을 그릴 때 뭐라 표현하기 힘든 느낌이 있다.

그냥 그림이 완성되어 가는 모습에서 느껴지는 좋은 감정인데

이 느낌을 어떻게 표현해야 할까?

지금 그림을 보면서 느껴지는

자기 마음의 속삭임을 들으면 좋겠다.

내 눈에는 아름다운 꽃들이 파티에 초대되어

각자의 미를 뽐내는 것 같이 보인다.

줄리엣로즈

신혼여행 중에

오클랜드의 파넬 로즈 가든(Parnell rose gardens)에서

만났던 장미꽃이다.

오클랜드에는 내 수업을 수강했던 숙희님이

살고 있어서 예쁜 곳들을 많이 알려주었는데

이 장미정원도 그중 하나였다.

뉴질랜드는 우리나라와 계절이 반대다.

내가 신혼여행을 간 12월은 한창 장미가 피는 계절이라

운 좋게 여러 장미들을 만날 수 있었다.

우리나라에서는 수입 꽃 판매를 하는 꽃집에서나

볼 수 있을까 말까한 희귀한 장미들을 만난 기쁨에

카메라 셔터를 쉴 새 없이 눌렀다.

다시 가보고 싶은 그리운 장미 정원이다.

클레마티스

클레마티스는 그리스어로 '덩굴식물'을 뜻한다.

영어 이름은 '처녀의 나무그늘(virgin's bower)'인데

이 이름은 영국의 여왕 엘리자베스 1세의 별명인

'처녀 여왕(virgin queen)'에서 따온 것이다.

클레마티스가 엘리자베스 1세의 재위기간동안

스페인에서 영국으로 전해진 인기 있는 꽃이었기 때문이다.

또, 독일의 전설에 의하면

성모 마리아와 예수가 애굽으로 향하는 동안에

덩굴식물이 숨겨주었다고 하는데 이 식물이 클레마티스라고 한다.

'bower'는 '은신처'를 뜻하는 옛 영어에서 유래한 단어로

크고 무성한 클레마티스 잎이 마리아와 예수의 은신처가 되어

이런 이름이 붙은 것이라고 한다.

물망초

지상에 꽃을 만들 때 하느님은 꽃들을 한자리에 모아 놓고
이름을 지어 주었다고 한다.
그런데 한 꽃만 깜박 잠이 들어
이름을 지어주는 곳에 가지 못했다.
이름이 생긴 꽃들이 기뻐 춤을 추며 부르는 감사의 노래에
잠에서 깬 꽃은 헐레벌떡 하느님께 뛰어가
이름을 지어 달라고 간청했다.
그러나 노한 하느님은
지각한 꽃의 말은 들으려고도 않고 이렇게 한마디 했다.
'나를 잊지 말라!'
슬픔에 젖은 꽃은 울면서 집으로 돌아왔다.
그 후 그 꽃은 물망초,
즉, '나를 잊지 말아요'라는 이름으로 불리게 되었다.

국화

옛날 일본으로 건너가 일하던 중국인 청년이

일본인 처녀와 사랑에 빠졌다.

그러나 일본인 처녀의 아버지는 청년이 가난하다는 이유로

둘의 사랑을 반대했다.

청년은 돈을 벌어 오기 위해 중국으로 떠나기로 했다.

처녀는 청년에게 기다릴 것을 다짐하고,

일본에서는 볼 수 없는 꽃과 씨앗을 가져다 달라고 부탁했다.

몇 년 후 큰돈을 번 청년은

국화꽃과 꽃씨를 가지고 일본으로 향했다.

그러나 이미 일본인의 딸은 다른 사람과 결혼을 해버린 후였다.

청년은 슬퍼 눈물을 흘리며 국화꽃 씨앗을 심었다.

사랑을 이루기 위해 열심히 일한 청년의 눈물이 떨어진 씨앗에서

'성실'이라는 꽃말을 지닌 하얀색 국화가 피어났다.

이루지 못한 사랑에 슬퍼하며 흘린 눈물이 떨어진 씨앗에서는

'짝사랑'이라는 꽃말을 지닌 황색 국화가 피어났다.

연인을 사랑해서 흘린 눈물이 떨어진 씨앗에서는

'당신을 사랑해요'라는 꽃말을 지닌 적색 국화가 피어났다.

나는 애니메이션 「미녀와 야수」를 좋아한다.

얼마나 좋아하는지 한때는 대사를 외울 정도였다.

처음 시작하는 부분에서 아래와 같은 내레이션이 나온다.

그리고 이 애니메이션의 또 다른 주인공인 장미가 나온다.

어릴 때에는 몰랐는데 나이 들어 다시 찬찬히 감상을 해보니

야수가 벨을 만나기 전에는 빨리 떨어지던 장미 꽃잎이

벨을 만나고 나서는 천천히 떨어지는 것 같았다.

나도 어른이 되었나 보다.

미녀와 야수

The Rose she had offered, was truly an enchanted rose,
요정이 준 그 장미는 21살 때 까지만 피는

which would bloom for many years.
정말 신비로운 장미였습니다.

If he could learn to love another, And earn her love in return
다른 사람을 사랑하게 되고 마지막 꽃잎이 떨어질 때까지

by the time the last petal fell, Then the spell would be broken.
다른 사람의 사랑을 받게 되면 그 저주의 주문을 풀리게 된답니다.

If not, he would be doomed to remain a beast For all time.
허나 그렇지 않을 경우에는 죽을 때까지 야수로 살아야 합니다.

붉은 열매

열매를 보면

보람 있게 일한 나날들의 보상이 열린 것처럼 보인다.

그래서 그런지 한 해를 돌아보는

연말에는 특히 열매가 잘 어울린다.

이 열매들이 특별한 무언가 때문에 생기는 건 아닌 것 같다.

오늘 하루 기분이 좋아서 한 알,

오늘은 힘내자는 다짐을 해서 한 알,

이렇게 한 알 한 알 쌓여 가는 것이다.

ARTIST
INTERVIEW

작가 인터뷰

artist
interview
flower and green

많은 매체들 중에 왜 수채화를 그리게되셨나요?

원래 입시미술로 수채화를 그렸어요. 제가 지원하는 대학이 실기 시험으로 수채화를 봤거든요. 그때는 사실 수채화가 너무 싫었어요. 입시 때문에 수채화를 그리고 대학 들어가면서 물감, 팔레트, 붓을 싹 다 버릴 정도였어요. 대학은 회화과가 아니라 디자인과로 갔어요. 그런데 디자인 작업을 하다 보니 다시 수작업이 하고 싶어지더라고요. "그래도 수채화는 해봤으니 수채화를 다시 생각해보자."라고 생각해서 작업을하니 이제는 너무 재밌더라고요. 입시미술로 수채화를 그릴 때에는 그리고 싶은 게 아니라 아무래도 교수님들이나 선호하는 식으로 그렸는데 이제는 제 맘대로 그릴 수 있으니까 그랬나 봐요.

https://www.instagram.com/sorasora_sr

꽃을 그리게 된 계기가 있나요?

꽃을 워낙 좋아하기도 하고 너무 바쁘게 살다보니 꽃을 보려면 사거나 어디를 찾아가서 봐야 하는데 그림으로 그려두면 계속 볼 수 있으니까 그리게 됐어요. 제가 처음 꽃을 그릴 때만 해도 일상에서 꽃을 보기가 힘들었어요. 요즘은 꽃을 접할 기회가 많잖아요. 꽃 구독도 할 수 있고, 꽃집도 많고, 꽃시장 같은 데도 갈 수 있고. 그때는 그렇게 꽃을 접할 방법도 많이 없었고 방법도 잘 몰라서 꽃이 더 귀하게 느껴졌어요. 저도 제가 그린 꽃을 보면 기분 좋고 보는 사람들도 좋아하니까 더 많이 그리게 되더라고요. 꽃의 형태, 색감, 향기.......꽃 자체가 참 매력적인 그림 소재인거 같아요.

생화를 직접 보고 그리시나요?

생화를 보고 그리는 것도 좋기는 한데 생화는 조금만 시간이 지나면 시들거나 꽃이 너무 피어버리니까 조급한 마음이 들어요. 일단은 생화가 있으면 사진부터 많이 찍어두고 사진을 보면서 그리는 경우가 더 많아요.

정말 다양한 꽃을 그리셨는데 혹시 좋아하는 꽃은 어떤 꽃이 있나요?

좋아하는 꽃이 너무 많아서 꼽기가 어렵네요. 예전에는 작약이나 라넌큘러스처럼 화려하고 수입된 꽃들을 예쁘다고 생각해서 그에 비해 동백꽃이나 소국, 국화 같은 꽃은 너무 소박해서 별로라고 생각했는데 나이가 들면서 이런 꽃들도 참 좋다는 생각이 들어요. 모양도 예쁘고 오래 살기도 하고, 향기도 너무 좋더라고요.

그렸던 작품 중에 가장 마음에 드는 작품을 꼽는다면 어떤 작품이 마음에 드시나요?

집 거실에 걸어둔 '고광나무(90쪽)'도 마음에 들지만, '사랑스러운 꽃송이들(26쪽)'도 좋아하는 작품이에요. '사랑스러운 꽃송이'들은 오랫동안 작업한 작품이에요. 좋아하는 꽃들의 조합이기도 하구요. 수국, 라일락, 옥시... 조그만 꽃들이 여러 개 모여서 한 덩어리를 이루는 꽃을 좋아하거든요. 라일락은 정말 꽃향기도 좋기도 하고요.

인스타그램과 그라폴리오에서 연재도 진행 중이시고, 연재된 내용으로 '페이퍼북 챌린지'에서 우승하셔서 이렇게 이 책이 나오게 되었잖아요. 인스타그램과 그라폴리오에서 연재는 어떻게 시작하게 됐나요?

제가 아날로그적인 편이라 사실 그라폴리오 같은 플랫폼이나 SNS를 잘 몰랐어요. 인스타그램도 친구가 그림 올려보라고 추천해서 시작하게 됐어요. 그런데 제가 인스타그램을 시작할 때에는 자기가 그린 그림을 인스타그램에 올리는 사람이 그렇게 많지는 않아서 팔로워가 많이 늘었던 거 같아요. 그라폴리오도 다른 친구가 추천해줘서 시작했어요. 물론 둘 다 다른 사람의 추천으로 시작한 거긴 하지만 정말 성실하게 그림을 그려서 올렸어요. 인스타그램은 매일 한 장씩, 그라폴리오에는 일주일에 한 번씩 올렸어요. 저 혼자만의 약속처럼 그렇게 1년 동안 꾸준히 작업해서 올렸더니 네이버 그라폴리오에서 연재 제의가 와서 연재를 하게 되었어요.

앞으로의 계획은 어떻게 되세요?

길게 생각하고 있어요. 그림 그리는 할머니가 되고 싶어요. 조급하지만 않으면 될 거 같아요. 작년에는 외주 작업이 많았는데 올해는 책 작업이 많았어요. 아무래도 프리랜서다 보니 일이 없으면 마음이 안좋았는데, 일이 없으면 일 없다고 걱정을 하는 것보다 그냥 그 시간에 그림을 그리면 된다는 걸 깨달았어요. 전에 일이 없었을 때 그냥 제 작업을 하고 있었는데 연말에 어떤 업체에서 갑자기 연말에 제 그림으로 달력 제작을 하고 싶다는 연락이 왔어요. 그동안 쉬면서 꾸준히 그려놨던 그림들이 있어서 갑작스런 외주 일이었지만 기회를 잡을 수 있었죠.